la tapisserie de sainte geneviève et de jeanne d'arc

Charles Péguy

Nouvelle Revue Française, Paris, 1919

© 2024 Culturea
Texte et illustration de couverture : © domaine public (open access licence CC0 1.0 universel)
Édition et mise en page : Culturea (Hérault, 34)
Retrouvez notre catalogue sur http://culturea.fr/
Contact : infos@culturea.fr
Imprimé en Allemagne par Books on Demand Gmbh
Design typographique et layout : Derek Murphy et Reedsy
ISBN : 9791043101755
Date de parution : Mai 2024
Ce livre :
— a été composé avec une police open source libre de droits dessinée sur Open Fondry
 https://open-foundry.com/
— est édité en libre access sous licence CC0 (Creative Commons Zero) afin de conserver l'oeuvre au plus près des caractéristiques du domaine public.
— offre la possibilité à son lecteur de partager, dupliquer ou distribuer son contenu, sans restriction ni réserve.
— permet de replanter un arbre. SHS Éditions soutient Plantons Pour l'Avenir, fonds de dotation pour le reboisement des forêts françaises
400 projets de reboisement de forêts soutenus depuis 2014 à travers la France
https:/www.plantonspourlavenir.fr/

cahier pour le jour de Noël

et pour la neuvaine de sainte Geneviève

de la quatorzième série ;

à madame Geneviève Favre

communis urbis atque antiquae
patronae in fidem aeternam

PREMIER JOUR

POUR LE VENDREDI 3 JANVIER 1913

FÊTE DE SAINTE GENEVIÈVE

QUATORZE CENT UNIÈME ANNIVERSAIRE

DE SA MORT

I

Comme elle avait gardé les moutons à Nanterre,
On la mit à garder un bien autre troupeau,
La plus énorme horde où le loup et l'agneau
Aient jamais confondu leur commune misère.

Et comme elle veillait tous les soirs solitaire
Dans la cour de la ferme ou sur le bord de l'eau,

Du pied du même saule et du même bouleau
Elle veille aujourd'hui sur ce monstre de pierre.

Et quand le soir viendra qui fermera le jour,
C'est elle la caduque et l'antique bergère,
Qui ramassant Paris et tout son alentour

Conduira d'un pas ferme et d'une main légère
Pour la dernière fois dans la dernière cour
Le troupeau le plus vaste à la droite du père.

DEUXIÈME JOUR

POUR LE SAMEDI 4 JANVIER 1913

II

Comme elle avait gardé les moutons à Nanterre
Et qu'on était content de son exactitude,
On mit sous sa houlette et son inquiétude
Le plus mouvant troupeau, mais le plus volontaire.

Et comme elle veillait devant le presbytère,
Dans les soirs et les soirs d'une longue habitude,

Elle veille aujourd'hui sur cette ingratitude,
Sur cette auberge énorme et sur ce phalanstère.

Et quand le soir viendra de toute plénitude,
C'est elle la savante et l'antique bergère,
Qui ramassant Paris dans sa sollicitude

Conduira d'un pas ferme et d'une main légère
Dans la cour de justice et de béatitude
Le troupeau le plus sage à la droite du père.

TROISIÈME JOUR

POUR LE DIMANCHE 5 JANVIER 1913

III

ELLE avait jusqu'au fond du plus secret hameau
La réputation dans toute Seine et Oise
Que jamais ni le loup ni le chercheur de noise
N'avaient pu lui ravir le plus chétif agneau.

Tout le monde savait de Limours à Pontoise
Et les vieux bateliers contaient au fil de l'eau

Qu'assise au pied du saule et du même bouleau
Nul n'avait pu jouer cette humble villageoise.

Sainte qui rameniez tous les soirs au bercail
Le troupeau tout entier, diligente bergère,
Quand le monde et Paris viendront à fin de bail

Puissiez-vous d'un pas ferme et d'une main légère
Dans la dernière cour par le dernier portail
Ramener par la voûte et le double vantail

Le troupeau tout entier à la droite du père.

QUATRIÈME JOUR

POUR LE LUNDI 6 JANVIER 1913

JOUR DES ROIS

CINQ CENT UNIÈME ANNIVERSAIRE

DE LA NAISSANCE DE JEANNE D'ARC

IV

Comme la vieille aïeule au plus fort de son âge
Se réjouit de voir le tendre nourrisson,
L'enfant à la mamelle et le dernier besson
Recommencer la vie ainsi qu'un héritage ;

Elle en fait par avance un très grand personnage,
Le plus hardi faucheur au temps de la moisson,

Le plus hardi chanteur au temps de la chanson
Qu'on aura jamais vu dans cet humble village :

Telle la vieille sainte éternellement sage
Connut ce qui serait l'honneur de sa maison
Quand elle vit venir, habillée en garçon,

Bien prise en sa cuirasse et droite sur l'arçon,
Priant sur le pommeau de son estramaçon,
Après neuf cent vingt ans la fille au dur corsage :

Et qu'elle vit monter de dessus l'horizon,
Souple sur le cheval et le caparaçon,
La plus grande beauté de tout son parentage.

CINQUIÈME JOUR

POUR LE MARDI 7 JANVIER 1913

V

Comme la vieille aïeule au fin fond de son âge
Se plaît à regarder sa plus arrière fille,
Naissante à l'autre bout de la longue famille,
Recommencer la vie ainsi qu'un héritage ;

Elle en fait par avance un très grand personnage,
Pileuse, moissonneuse à la pleine faucille,

Le plus preste fuseau, la plus savante aiguille
Qu'on aura jamais vu dans ce simple village :

Telle la vieille sainte éternellement sage,
Du bord de la montagne et de la double berge
Regardait s'avancer dans tout son équipage,

Dans un encadrement de cierge et de flamberge,
Et le casque remis aux mains du petit page,
La fille la plus sainte après la sainte Vierge.

SIXIÈME JOUR

POUR LE MERCREDI 8 JANVIER 1913

VI

COMME Dieu ne fait rien que par miséricordes,
Il fallut qu'elle vît le royaume en lambeaux,
Et sa filleule ville embrasée aux flambeaux,
Et ravagée aux mains des plus sinistres hordes ;

Et les cœurs dévorés des plus basses discordes,
Et les morts poursuivis jusque dans les tombeaux,

Et cent mille Innocents exposés aux corbeaux,
Et les pendus tirant la langue au bout des cordes :

Pour qu'elle vît fleurir la plus grande merveille
Que jamais Dieu le père en sa simplicité
Aux jardins de sa grâce et de sa volonté
Ait fait jaillir par force et par nécessité ;

Après neuf cent vingt ans de prière et de veille
Quand elle vit venir vers l'antique cité,
Gardant son cœur intact en pleine adversité,
Masquant sous sa visière une efficacité ;

Tenant tout un royaume en sa ténacité,
Vivant en plein mystère avec sagacité,
Mourant en plein martyre avec vivacité,

La fille de Lorraine à nulle autre pareille.

SEPTIÈME JOUR

POUR LE JEUDI 9 JANVIER 1913

VII

Comme Dieu ne fait rien que par simple bergère,
Il fallut qu'elle vît la discorde civile
Secouer son flambeau sur les toits de la ville
Et joindre sa fureur à la guerre étrangère ;

Il fallut qu'elle vît l'horrible harengère
Haranguer le bas peuple et la tourbe servile,

Et de la halle au blé jusqu'à l'hôtel de ville
Refluer le hoquet de l'odieuse mégère :

Pour qu'elle vît venir merveilleuse et légère,
Par les chemins de ronce et de frêle fougère,
Pliant ses beaux drapeaux comme une humble
lingère ;

Gouvernant sa bataille en bonne ménagère,
Traînant les trois Vertus dans quelque fourragère,
Vers l'antique vaisseau la jeune passagère.

HUITIÈME JOUR

POUR LE VENDREDI 10 JANVIER 1913

VIII

Comme Dieu ne fait rien que par pauvre misère,
Il fallut qu'elle vît sa ville endolorie,
Et les peuples foulés et sa race flétrie,
L'émeute suppurant comme un secret ulcère ;

Il fallut qu'elle vît pour son anniversaire
Les cadavres crevés que la Seine charrie,

Et la source de grâce apparemment tarie,
Et l'enfant et la femme aux mains du garnisaire :

Pour qu'elle vît venir sur un cheval de guerre,
Conduisant tout un peuple au nom du Notre Père,
Seule devant sa garde et sa gendarmerie ;

Engagée en journée ainsi qu'une ouvrière,
Sous la vieille oriflamme et la jeune bannière
Jetant toute une armée aux pieds de la prière ;

Arborant l'étendard semé de broderie
Où le nom de Jésus vient en argenterie,
Et les armes du même en même orfèvrerie ;

Filant pour ses drapeaux comme une filandière,
Les faisant essanger par quelque buandière,
Les mettant à couler dans l'énorme chaudière ;

Les armes de Jésus c'est sa croix équarrie,
Voilà son armement, voilà son armoirie,
Voilà son armature et son armurerie ;

Rinçant ses beaux drapeaux à l'eau de la rivière,
Les lavant au lavoir comme une lavandière,
Les battant au battoir comme une mercenaire ;

Les armes de Jésus c'est sa face maigrie,

Et les pleurs et le sang dans sa barbe meurtrie,
Et l'injure et l'outrage en sa propre patrie ;

Ravaudant ses drapeaux comme une roturière,
Les mettant à sécher sur le front de bandière,
Les donnant à garder à quelque vivandière ;

Les armes de Jésus c'est la foule en furie
Acclamant Barabbas et c'est la plaidoirie,
Et c'est le tribunal et voilà son hoirie ;

Teignant ses beaux drapeaux comme une teinturière,
Les faisant repasser par quelque culottière,
Adorant le bon Dieu comme une couturière ;

Les armes de Jésus c'est cette barbarie,
Et le décurion menant la décurie,
Et le centurion menant la centurie ;

Les armes de Jésus c'est l'interrogatoire,
Et les lanciers romains debout dans le prétoire,
Et les dérisions fusant dans l'auditoire ;

Les armes de Jésus c'est cette pénurie,
Et sa chair exposée à toute intempérie,
Et les chiens dévorants et la meute ahurie ;

Les armes de Jésus c'est sa croix de par Dieu,

C'est d'être un vagabond couchant sans feu ni lieu,
Et les trois croix debout et la sienne au milieu ;

Les armes de Jésus c'est cette pillerie
De son pauvre troupeau, c'est cette loterie
De son pauvre trousseau qu'un soldat s'approprie ;

Les armes de Jésus c'est ce frêle roseau,
Et le sang de son flanc coulant comme un ruisseau,
Et le licteur antique et l'antique faisceau ;

Les armes de Jésus c'est cette raillerie
Jusqu'au pied de la croix, c'est cette moquerie
Jusqu'au pied de la mort et c'est la brusquerie

Du bourreau, de la troupe et du gouvernement,
C'est le froid du sépulcre et c'est l'enterrement,
Les armes de Jésus c'est le désarmement ;

L'avanie et l'affront voilà son industrie,
La cendre et les cailloux voilà sa métairie
Et ses appartements et son duché-pairie ;

Les armes de Jésus c'est le souple arbrisseau
Tressé sur son beau front comme un frêle réseau,
Scellant sa royauté d'un parodique sceau ;

Les disciples poltrons voilà sa confrérie,

Pierre et le chant du coq voilà sa seigneurie,
Voilà sa lieutenance et capitainerie ;

Le lavement de mains et la forfanterie
De ce garde des sceaux et la plaisanterie
De ces beaux damoiseaux et la galanterie

De ces beaux jouvenceaux c'est sa boulangerie,
Et son pain de poussière et de sueur pétrie,
Et l'éponge de fiel et de vinaigrerie ;

La croix bien assemblée en double coulisseau,
L'ironique pancarte engravée au ciseau,
Le tasseau pour les pieds descendant en biseau ;

Un autre bûcheron avait coupé ce bois,
Un autre charpentier avait taillé la croix,
Mais lui-même, et nul autre, avait porté ce poids ;

L'image de la Vierge en tissu de soierie,
Et sainte Marguerite en fleurs de draperie,
Et sainte Catherine et la tapisserie

Où l'on voit saint Michel habillé de nouveau,
Le Saint-Esprit planant sous figure d'oiseau,
Et l'archange écrasant Satan sur le museau ;

Mais Satan lui résiste et par sorcellerie

Et par atermoiement et par grivèlerie
S'est juré d'absorber et la Beauce et la Brie ;

Les saints ont sur la tête un très léger cerceau
Pour bien voir que c'est eux, une sorte d'arceau
Ouvre le paradis, Jésus dans son berceau

Regarde saint Joseph et par espièglerie
Veut lui tirer la barbe et le vieux se récrie
Et fait semblant de mordre afin que l'enfant rie ;

Mais Satan les regarde et fumant du naseau
Ce serpent venimeux, cet immonde pourceau
S'est juré d'empester le faubourg Saint-Marceau ;

Ce serpent à sonnette avec sa sonnerie
S'est vanté qu'il ferait (voyez sa hâblerie)
Jeter par ses suppôts les saints à la voirie ;

Les armes de Jésus c'est la paille et l'étable
Et le pain et le vin et la nappe et la table,
Et le plus malheureux, voilà son connétable ;

Les armes de Satan c'est la supercherie,
Un aplomb infernal, une aigre drôlerie,
Le savoir des savants et la cafarderie ;

Les armes de Jésus c'est la poignante épine,

C'est la fleur de son sang sur la blanche aubépine,
Et les fleurs de ses pleurs sur la rouge églantine ;

La perle qui descend sur sa joue attendrie,
Et la perle qu'il boit sur sa lèvre appauvrie,
Voilà ses beaux cristaux et sa joaillerie ;

Les armes de Jésus c'est la verte couronne,
C'est ce front que l'amour et la grâce environne,
Et l'éternelle fleur qui sur sa peau fleuronne ;

La perle qui descend sur sa face amoindrie
Et qui vient humecter sa langue rabougrie,
Voilà son coffre-fort et sa bijouterie ;

Les armes de Jésus c'est notre forfaiture,
Les clous et le marteau, la robe sans couture,
L'homme, l'ange et la bête et la double nature ;

Les armes de Satan c'est la jobarderie,
C'est le scientificisme et c'est l'artisterie,
C'est le laboratoire et la flagornerie ;

Les armes de Satan c'est notre forfaiture,
C'est d'avoir dispersé la robe sans couture,
C'est la bête sous l'ange et la double nature ;

Les armes de Satan c'est la bouffonnerie,

Et c'est le moraliste et son infirmerie,
Et la haute éloquence et sa pâtisserie ;

Les armes de Jésus c'est la peine de l'homme,
C'est le chemin qui mène et qui ramène à Rome,
C'est la main qui le frappe et le poing qui
l'assomme ;

Les armes de Satan c'est la parfumerie
De l'écrivain disert et c'est la sucrerie
De l'écrivain amer et c'est la pruderie,

La blette aridité de la vieille dévote,
C'est l'âme en confiture et la poire en compote,
Et le raisin coti moisissant dans la hotte ;

Les armes de Satan c'est le clou dans la botte,
La nef sans nautonnier, la flotte sans pilote,
Le carcan, le garrot, l'entrave, la menotte ;

Les armes de Satan c'est quelque jonglerie,
C'est le loup dans la ferme et dans la bergerie,
C'est le renard feutré dans la poulaillerie ;

Les armes de Jésus c'est l'amour et la peine,
Les armes de Satan c'est l'envie et la haine,
Et la guerre est aux mains de toute châtelaine ;

Les armes de Satan c'est quelque forgerie,

Un document secret dans quelque hôtellerie,
Les armes de Satan c'est toute diablerie ;

Les armes de Jésus c'est la croix de Lorraine,
Et le sang dans l'artère et le sang dans la veine,
Et la source de grâce et la claire fontaine ;

Les armes de Satan c'est la croix de Lorraine,
Et c'est la même artère et c'est la même veine
Et c'est le même sang et la trouble fontaine ;

Les armes de Jésus c'est l'esclave et la reine
Et toute compagnie avec son capitaine
Et le double destin et la détresse humaine ;

Les armes de Satan c'est l'esclave et la reine
Et toute compagnie avec son capitaine
Et le même destin et la même déveine ;

Les armes de Jésus c'est la mort et la vie,
C'est la rugueuse route incessamment gravie,
C'est l'âme jusqu'au ciel insolemment ravie ;

Les armes de Satan c'est la vie et la mort,
Le désir et la femme et les dés et le sort
Et le droit du plus dur et le droit du plus fort ;

Les armes de Jésus c'est la mort et la vie,

C'est le glaive de Dieu qui hésite et dévie,
C'est la fidèle route obscurément suivie ;

Les armes de Satan c'est la vie et la mort,
C'est l'écueil immobile en plein milieu du port,
C'est la peine immuable en plein milieu du sort ;

Les armes de Jésus c'est la vie et la mort,
C'est un heureux naufrage en plein milieu du port,
C'est le plus beau présage en plein milieu du sort ;

Les armes de Satan c'est la vie et la mort,
C'est le péril de mer, c'est l'homme dans son tort,
Le voleur aux aguets, le tyran dans son fort ;

Les armes de Jésus c'est la vie et la mort,
C'est Dieu dans sa justice et Satan dans son tort,
La beauté du plus pur, le juste dans son fort ;

Les armes de Jésus c'est la vie et la mort,
C'est l'enfant et la femme et le secret du sort,
Le navire acouflé dans le recreux du port ;

Les armes de Satan c'est l'homme qui dévie,
C'est les deux poings liés et c'est l'âme asservie,
C'est la vengeance inlassablement poursuivie ;

Les armes de Jésus ce sont les deux mains jointes,

Et l'épine et la rose et les clous et les pointes,
Et sur le lit de mort les pauvres âmes ointes ;

C'est le chœur alterné des martyrs et des saintes,
C'est le chœur conjugué des sanglots et des plaintes,
Le temple, les degrés, les pilastres, les plinthes ;

Les armes de Satan c'est le vert térébinthe,
Cet arbre résineux et c'est la coloquinte,
Cette citrouille amère et c'est la morne absinthe ;

Les armes de Satan c'est les deux poings liés,
Les armes de Jésus les cœurs humiliés,
Les pauvres à genoux, les suppliants pliés ;

Les armes de Jésus c'est la belle jacinthe
Posée en un tapis dans une belle enceinte,
Plus douce que la laine et plus souple et mieux teinte ;

Les armes de Jésus c'est la cloche qui tinte
Pour les sept sacrements, c'est l'ordre et la contrainte,
Et le dessin fidèle de l'image bien peinte ;

Les armes de Satan c'est la cloche qui tinte
Pour le feu de l'enfer, c'est la ville contrainte
À passer par le sort, c'est toute âme repeinte

Avec un faux pinceau, c'est toute règle enfreinte

Au nom de quelque règle et toute foi restreinte
Au nom de quelque maître et toute ville ceinte

D'un rempart frauduleux et toute fleur déteinte
À force de pleuvoir et toute flamme éteinte
À force de brûler, toute infortune atteinte

Au seuil de toute mort et la morne complainte
Au long de toute vie et l'éphémère empreinte
De nos pas sur le sable et la mortelle étreinte

Des deux amants impurs : le corps, l'âme contrainte ;
Les armes de Satan c'est la ruse et la feinte,
L'épouvante, l'envie et la graisse qui suinte,

Et le double concert des asthmes et des quintes,
Et les cœurs compliqués et les soins et les craintes
Et les cœurs contournés comme des labyrinthes ;

Les armes de Jésus c'est l'éternelle empreinte
De ses pas sur le sable et l'immortelle étreinte
Des deux époux très purs : le corps et l'âme
astreinte ;

Les armes de Jésus c'est la faim assouvie,
C'est le corps glorieux, ce n'est pas la survie,
C'est l'éternelle table abondamment servie ;

Satan c'est la vengeance elle-même assouvie,

Les armes de Satan c'est une horlogerie,
Un chef-d'œuvre d'adresse et de serrurerie ;

Mais la clef c'est Jésus et Jésus est la porte,
Et la porte du ciel ne se prend qu'à main forte,
Et tous les serruriers resteront à la porte ;

Les armes de Jésus c'est cette grande escorte
Que Rome lui prêta, c'est la rude cohorte
Qui lui faisait honneur et c'est la croix qu'il porte ;

Les armes de Satan sont de la même sorte,
Car c'est la même Rome et c'est la même escorte
Et la même cohorte et la même mer Morte ;

Les armes de Jésus c'est qu'il nous réconforte
En notre déconfort et c'est qu'il nous reporte
Au premier paradis et c'est qu'il nous apporte

Le pardon de son père et c'est qu'il nous emporte
Au dernier paradis et c'est qu'il nous déporte
De l'exil du péché vers ce qui seul importe

Et c'est notre salut et c'est qu'il nous transporte
Au royaume de grâce et c'est qu'il nous supporte,
Nous et notre péché cette immense mainmorte

Qu'il porte sur l'épaule et c'est qu'il nous exhorte

Par son silence même et qu'il frappe à la porte
Et que l'homme est au vent comme la feuille morte ;

Les armes de Satan c'est la même mainmorte,
Le même désarroi, c'est qu'il nous déconforte
En notre réconfort et c'est qu'il nous reporte

Au péché d'origine et c'est qu'il nous rapporte
Le mépris du pardon et c'est qu'il nous remporte
À la science du mal et qu'il nous redéporte

Vers la terre du bagne et qu'il nous retransporte
Au ténébreux royaume où lui-même supporte
Le poids de tout un monde et c'est qu'il nous exhorte

Par les beaux compliments et qu'il gratte à la porte,
Et que l'homme est léger comme la feuille morte
Et comme elle pourrit sous les pieds du cloporte ;

Les armes de Jésus c'est la vie et la mort,
C'est un solide ancrage au beau milieu du port,
Et c'est le grand partage au beau milieu du sort ;

Les armes de Jésus c'est la vie et la mort,
C'est un heureux mouillage en plein milieu du port,
C'est le grand héritage en plein milieu du sort ;

Les armes de Jésus c'est la vie et la mort,

C'est le bon voisinage en plein milieu du port
Et le pèlerinage en plein milieu du sort ;

Les armes de Jésus c'est la vie et la mort,
C'est le compagnonnage en plein milieu du port,
Et c'est l'appareillage en plein milieu du sort ;

Les armes de Satan ce sont les sept péchés,
Et la minauderie avec les airs penchés,
Et les honteux ressorts savamment déclanchés ;

Les armes de Jésus ce sont les trois Vertus,
Et les torses courbés et les reins courbatus,
Et les galériens battus et rebattus ;

Les armes de Satan c'est la méthode torte,
Le sang de l'oreillette et le sang de l'aorte,
Le sang du ventricule et de la veine porte ;

Les armes de Jésus c'est tout le sang du cœur,
Le sang de la victime et le sang du vainqueur,
Le sang du noble cerf et le sang du piqueur ;

Les armes de Satan ce sont les sept péchés
Embarqués quatre à quatre et mollement couchés
Dans la folle galère aux dais empanachés ;

Les armes de Jésus c'est la barque de Pierre,

Qui toujours fluctuante et toujours batelière,
Racle de ses filets le fond de la rivière ;

Les armes de Jésus c'est la barque de Pierre,
C'est le vieux pêcheur d'homme assis sur son
derrière,
Dépeuplant l'Océan, le lac et la rivière ;

Les armes de Jésus c'est les sept sacrements
Dans la barque de Pierre et les sept bâtiments
Qui suivent par derrière et les sept monuments

Qui ne périront point, les sept couronnements,
Qui sont les sept douleurs, les sept fleuronnements
De l'arbre de la grâce et les sept firmaments ;

Les armes de Jésus c'est cette unique nef,
Gouvernant au plus près sous cet unique chef,
Toujours en plein péril et toujours sans méchef ;

Les armes de Jésus c'est cet unique fief,
Tenu par un seul homme armé de quelque bref,
Toujours en plein péril et toujours sans grief ;

Les armes de Jésus c'est l'éternelle peine
Assise au creux du lit de toute race humaine
Va la mort est aux mains de toute châtelaine ;

Les armes de Jésus c'est la grande semaine

Qui part du lundi saint, c'est la grande neuvaine
Qui part du trois janvier et c'est la barque pleine

Les armes de Jésus c'est cette unique nef,
Le bateau vers l'écluse amarré dans le bief,
Le bateau charpenté par le vieux saint Joseph ;

Mais c'est aussi Jacob et le premier Joseph,
Moïse sur le Nil dans une étroite nef,
Et le peuple de Dieu gouverné derechef ;

Les armes de Jésus c'est le sang de sa veine
Et le sang de son cœur, les sanglots de sa peine
Et l'immense sanglot de toute race humaine ;

Les armes de Satan c'est la sourde gangrène
Et l'obscur mal de tête et la lourde migraine
Et l'orgueil et l'ivraie et la mauvaise graine ;

Les armes de Jésus c'est la double prière,
L'une marchant devant, l'autre marchant derrière,
Comme lui matinale et vers lui journalière ;

Les armes de Jésus c'est la double prière,
L'une arrivant devant, l'autre avançant derrière,
Comme lui vespérale et vers lui journalière ;

C'est aussi le secret, la prière nocturne,

L'immuable regret dans un cœur taciturne,
Et la mort de l'amour et la cendre dans l'urne ;

Les armes de Jésus c'est l'angélus du soir
Et celui du matin, le calme reposoir
Dans la procession, l'éclatant ostensoir

Balancé sur les fronts comme un soleil ardent ;
Les armes de Satan c'est la griffe et la dent,
Le nez mal retroussé, le regard impudent ;

Les armes de Jésus c'est le calme du soir,
C'est la procession assise au reposoir
De feuilles et de fleurs, c'est le lourd ostensoir

Levé dessus les fronts comme un soleil levant,
Les armes de Jésus c'est la pluie et le vent
Qui souffle sur la nef et c'est le cœur fervent ;

C'est le fruit qui mûrit aux planches du dressoir,
C'est l'enfant qui se couche et qui vous dit bonsoir
Et s'endort en priant, c'est le lourd ostensoir

Haussé dessus les fronts comme un soleil couchant,
C'est le souple vallon, c'est le coteau penchant,
L'église dans la plaine et la prose et le chant ;

C'est la grappe giclant sous l'énorme pressoir,

C'est l'étang répandu dessus le déversoir,
C'est l'encens balancé dans le lourd encensoir ;

Les armes de Satan c'est l'écu trébuchant,
Le propos alléchant, le souffle desséchant,
La plaine sans église et l'ortie et le champ ;

Les armes de Jésus c'est l'écuyer tranchant,
Le bon et le méchant, le beau vaisseau marchand,
L'église sur la plaine et l'homme sur le champ ;

Les armes de Jésus c'est la belle marraine
Et c'est le beau baptême et c'est la belle étrenne
Et l'avoine et le seigle et c'est la bonne graine

Et c'est le seneçon et c'est les sept péchés
Par la contrition et les nœuds relâchés
Du filet de Satan et les cordons tranchés ;

Les armes de Satan c'est les sept débauchés,
Et c'est le prince-évêque et les sept évêchés,
Et les tentations courant sur les marchés ;

Les armes de Jésus c'est sept cents évêchés,
Et c'est le pape-évêque et cent archevêchés,
Et l'esclave et l'enfant vendus sur les marchés ;

Les armes de Jésus c'est sa tête penchée,

Son coude, son genou, son épaule écorchée,
Son estomac, ses reins, sa hanche démanchée ;

Sa barbe, ses cheveux, ses habits arrachés,
Sa poitrine, ses bras, ses poignets attachés,
Les plus savants ressorts à l'instant décrochés ;

C'est dans le vieux Paris la foule endimanchée
Le dimanche matin, c'est la soif étanchée
Au calice d'or pur, la pauvresse penchée

Sur une plus pauvresse et c'est l'amour cachée
Dans l'âme la plus pauvre et la douleur couchée
Dans le lit de tout homme et toute orge fauchée ;

Les armes de Jésus c'est toute onde épanchée
Dans un gosier de fièvre et toute âme ébauchée
Au coin de toute lèvre et toute fleur jonchée

Au pied des pieds saignants et toute arme ébréchée
À force de servir et la tige ébranchée
À force de produire et la paille hachée ;

Les armes de Jésus c'est l'amour et la peine,
Et l'amour est aux mains des suppôts de la haine,
Et la mort est aux mains de toute châtelaine ;

Les armes de Jésus c'est la vie et la mort,

C'est le fleuve fécond, c'est l'éternel apport
De vase et de limon en plein milieu du port ;

Les armes de Jésus c'est ce gamin qui dort,
C'est la honte et la peine et son frère le sort,
Et l'amour est aux mains des suppôts de la mort ;

Les armes de Satan c'est la sensiblerie,
C'est censément le droit, l'humanitairerie,
Et c'est la fourberie et c'est la ladrerie ;

Les armes de Satan c'est la bête lâchée,
Le déshonneur gratuit, la honte remâchée,
Le troupeau mal conduit, la terre mal bêchée ;

Les armes de Satan c'est le membre arraché,
Le bourgeon retranché, le rameau détaché,
Le bœuf aiguillonné, le cheval cravaché ;

Les armes de Jésus c'est la haute terrasse
D'où retombe en jet d'eau la source de la grâce,
Et la vasque au flanc grave et le sang de la race ;

Les armes de Satan c'est la basse menace
Aux coins de toute lèvre et la gluante trace
Que laisse sur la fleur la visqueuse limace ;

Les armes de Satan c'est un esprit pointu,

C'est le corps en lambeaux, c'est le cœur combattu,
Le bourreau mal payé, le procès débattu ;

Les armes de Jésus c'est le cœur combattu,
C'est le corps tout entier et la même vertu
Et la grappe écrasée et le froment battu ;

Les armes de Jésus c'est le grain sous la meule,
Le raisin sous la presse et l'oiseau dans la gueule,
Et le fils dans le père et l'enfant dans l'aïeule ;

Mais Satan le regarde et ce vil vermisseau
A juré d'étouffer sous l'ombre et le boisseau
La lumière et la lampe et la plaine Monceau ;

Les armes de Satan c'est une gagerie,
C'est sa forfanterie et son effronterie,
Et c'est le philologue et sa quincaillerie ;

Les armes de Satan c'est notre servitude,
C'est notre hébétement, notre longue habitude
Et la nuit et la veille et la lampe et l'étude ;

Les armes de Jésus c'est la béatitude
Et c'est la parabole et la mansuétude
Et c'est quand il pleura sur cette multitude ;

Les armes de Satan c'est notre quiétude

Et c'est le théorème et c'est la certitude,
Le pouvoir, le savoir et la décrépitude ;

Les armes de Jésus c'est le tranchant du sort,
C'est ce point sur le glaive où la vie et la mort
Déjouent le corps et l'âme en plein milieu du port ;

Les armes de Jésus c'est notre inquiétude,
L'axiome, la règle et notre incertitude,
Le devoir, le pouvoir et la vicissitude ;

Les armes de Jésus c'est notre servitude,
C'est toute solitude et toute plénitude,
Et notre turpitude et notre lassitude ;

Les armes de Satan c'est la criaillerie,
Le vote, le mandat et la suffragerie,
Et l'avocasserie et la haranguerie ;

Les armes de Jésus c'est sa sollicitude,
Et notre ingratitude et son exactitude,
Et la similitude et toute rectitude ;

Les armes de Satan c'est pure vanterie,
C'est du vieux bric à brac, de l'antiquaillerie,
Du fabriqué, du faux, de la ferronnerie ;

Les armes de Satan c'est le fruit défendu,

C'est le meurtre d'Abel, c'est le sang répandu,
C'est Judas dépendu, c'est Judas rependu ;

Les armes de Satan c'est le filet tendu,
C'est le propos douteux et le sous-entendu,
Et toute controverse et tout malentendu ;

Les armes de Satan c'est Jésus-Christ vendu,
C'est les trente deniers, c'est Joseph descendu
Au fond de la citerne et captif revendu ;

Les armes de Satan c'est la race perdue,
C'est le lacet tressé, c'est la corde tordue,
Toute chair assaillie et toute chair mordue ;

Les armes de Satan c'est tout le résidu
Et la lie et l'écume et c'est l'individu
Et c'est le commentaire et le compte rendu ;

Les armes de Satan c'est toute dette due
Irrémissiblement, la honte suspendue,
Et par son gouverneur toute ville rendue ;

Les armes de Jésus c'est Satan confondu,
Tout fossé remparé, tout rempart défendu,
Tout terrain regagné sur le terrain perdu ;

Et la dette remise et la dette rendue

Par le frère à son frère et la brebis perdue
Et toute âme assaillie et toute âme mordue ;

Les armes de Jésus c'est la nuit répandue
Pour le repos de l'homme et la ferme vendue
Pour payer les impôts et la brebis tondue ;

Les armes de Jésus c'est la neige fondue
Au soleil du printemps, la hache suspendue
Au jour du jugement et c'est l'âme éperdue

De son indignité, c'est la grande étendue
Et l'arbre de Noël et la bûche fendue
Et c'est depuis Adam la nouvelle attendue ;

Les armes de Jésus c'est la bonne aventure,
Et c'est le Créateur créant la créature,
Et le sceau du Seigneur mettant la signature ;

Les armes de Satan c'est la caricature
Et la contrefaçon de toute signature
Et l'homme jugeant l'homme et la magistrature

Assise au tribunal, c'est la lettre surie,
La littéralité morne et déjà pourrie,
Les armes de Satan c'est la chancellerie ;

Les armes de Satan c'est la plaisanterie,

Cette sauce tournée et c'est l'hôtellerie
Pour les mauvais passants et c'est l'ivrognerie

Les coudes sur la table et la clabauderie
Et la ribauderie et la maussaderie
Et la badauderie et la nigauderie ;

Les armes de Jésus c'est la charpenterie,
L'établi, la varlope et la menuiserie,
La scie et le rabot et l'ébénisterie,

Le denier de la veuve et le bon ouvrier ;
Les armes de Satan c'est le vil usurier,
L'armurier, le guerrier, le manufacturier ;

Les armes de Satan c'est la truanderie,
Le mauvais compagnon, la camaraderie,
Le mauvais camarade et la cafarderie

Et le mauvais garçon ; c'est le regard oblique
Jeté sur le voisin, le peuple famélique
Sous la bombance énorme et pantagruélique ;

Les armes de Jésus c'est la foi catholique
Enchâssée à prix d'or, la ronde basilique,
Et c'est la paix publique et la sainte relique ;

Les armes de Satan c'est tout ce qui complique

La très simple existence et c'est quand il implique
L'innocent dans le crime et dans le diabolique ;

Les armes de Jésus c'est le cèdre biblique,
La salutation, la ferveur angélique,
L'annonciation de l'ère évangélique ;

Les armes de Satan c'est sa ruse et sa clique
Et sa claque sournoise et méphistophélique,
Et sa noise en sourdine et machiavélique ;

Les armes de Jésus c'est le léger caïque
De Pierre sur le lac, c'est l'archange archaïque
Fermant le paradis, c'est la foi judaïque

Et la première loi, c'est la race hébraïque
Et le tronc d'Israël, et c'est la mosaïque
De la vertu des clercs, de la vertu laïque ;

Les armes de Jésus c'est la loi mosaïque,
Les dix commandements au peuple liturgique,
Et qu'il n'a point rayés de Rome apostolique ;

Les armes de Jésus c'est la mort héroïque
Du martyr dans l'arène et la douceur stoïque
Du saint et c'est aussi la vertu prosaïque ;

Les armes de Satan c'est la courbe saïque,

Souple vaisseau de charge et c'est l'art chaldaïque
Et la vertu du riche et du pharisaïque ;

Et c'est l'aigre réplique et le somnambulique,
Et le cyrénaïque et l'arislotélique,
Et le pire de tout c'est bien quand il explique ;

Les armes de Jésus c'est l'ardente supplique
Du pauvre au gouverneur, c'est le parabolique,
Et c'est les huit bonheurs sous Rome apostolique,

Et c'est le roi de France et c'est la république
Et c'est le bref du pape et la lourde encyclique
Parmi les deuils privés et la vertu publique ;

Les armes de Satan c'est le vil publicain,
Le percepteur de Rome et le fieffé coquin
Qui berne l'honnête homme et qui fait le faquin ;

L'avare péager, le servile sequin,
L'infidèle berger, le manteau d'Arlequin
De vice et de vertu, le grossier mannequin

Qui fait peur aux moineaux, le rude casaquin
Sur l'armure de guerre et le lourd troussequin
Sur le cheval de guerre et l'ennuyeux pasquin ;

Les armes de Jésus c'est le Samaritain,

Le blessé recueilli, le pauvre franciscain,
Les armes de Jésus c'est le républicain ;

Les armes de Satan c'est le faux symbolique,
La pierre en comprimé, le marbre en majolique,
(La pierre de Jésus, c'est le pur pentélique) ;

Les armes de Satan c'est toute hyperbolique,
Le masque de Satan c'est toute bucolique
Modulant sous le hêtre une pure idyllique ;

Les armes de tous deux c'est le mélancolique,
Soit qu'il soit descendu du vieux cèdre biblique,
Soit qu'il soit remonté de jeune république ;

Les armes de Satan c'est toute idolâtrie,
Tout réassortiment, toute replâtrerie,
Tout fatras, tout raccord, toute folâtrerie ;

Les armes de Jésus c'est culte de doulie
Ou d'asservissement, c'est culte de latrie
Ou d'adoration, c'est culte de patrie

Ou de terre natale ; et démonolâtrie
Retourne vers Satan avec zoolâtrie,
Avec psychiâtrie, avec chimiâtrie,

Avec l'ergot du seigle et les autres caries,

Et les phylloxéras et les vignes flétries,
Et les puits desséchés et les races taries ;

Les armes de Jésus c'est la pauvre monture,
L'ânon de cette ânesse et c'est la courbature
De ses reins bâtonnés et c'est la sépulture

Dans un caveau prêté, c'est l'agneau sans pâture,
C'est la barque de Pierre errante et sans mâture,
Et le préteur de Rome et c'est la préfecture

Et le préfet de Rome et cette humble toiture,
Ce chaume au ras du sol et l'unique voiture
Avec un seul cheval et la vieille clôture

En mauvais fil de fer et la progéniture
Attendant sous la lampe une humble nourriture,
Espérant vaguement un pot de confiture ;

Les armes de Satan c'est cette dictature
De ces sept qui sont sept sur la même monture,
Sur un cheval pourri tenus par la ceinture ;

Les armes de Jésus c'est la sainte Écriture
Depuis le premier livre et c'est toute droiture
Depuis le premier pas et c'est toute armature

Tenant son homme roide et c'est toute ossature

Tenant son homme ferme et toute architecture
Tenant la maison pleine et basse de stature ;

Les armes de Satan c'est le mauvais docteur,
(Mais en est-il de bons ?), c'est le mauvais acteur
Qui joue à contre sens et le mauvais lecteur

Qui lit à contre texte et c'est le détracteur
Qui détracte et détraque et le simple électeur
Qui rétracte et qui vote et le morne inspecteur

Qui regarde et surveille et le dur directeur
Qui regarde et gouverne et le lourd protecteur
Qui regarde et qui pèse et qui fait le recteur ;

Les armes de Satan c'est le contradicteur
Qui dit d'abord : Mais non, c'est l'antique licteur
Et l'antique faisceau, c'est Satan destructeur ;

Les armes de Satan c'est Satan constructeur
Du satané parvis, c'est Satan conducteur
De l'homme vers sa perte et Satan rédacteur

De la fausse nouvelle et c'est tout abstracteur
De la cinquième essence et tout contrefacteur
Qui sera poursuivi, c'est Satan collecteur

D'impôts pour son État, c'est Satan correcteur

Dans son mauvais journal, et traître traducteur
Dans son mauvais patois, et fourbe producteur

De produits frelatés, brillant introducteur
Au royaume d'enfer, décevant instructeur
De mauvaise recrue et sinistre amateur

D'art pour ses collections et savant armateur
De naufrage et superbe et docile imposteur,
Les armes de Satan c'est Satan séducteur ;

Les armes de Satan c'est la sévère cotte
De maille et c'est aussi le regard qui clignotte
Sous la lourde visière et sous la bourguignotte ;

Les armes de Jésus c'est la race future,
C'est le riche missel, c'est la miniature,
Et le ciel et l'enfer et la terre en peinture ;

Les armes de Satan c'est la mésaventure,
Le traître couronné, la mauvaise lecture,
Les armes de Satan c'est la littérature ;

Les armes de Jésus c'est noblesse et roture
Égales vers sa face et la belle sculpture
Au portail de l'église et la fine moulure ;

Les armes de Jésus c'est la riche tenture

Devant le tabernacle et la rouge teinture
De la robe du prêtre et des croix de torture ;

Les armes de Satan c'est toute conjecture
Maraudant sur le texte et c'est toute imposture,
Toute note au crayon, toute maculature ;

Et c'est toute leçon qui n'est pas la lecture,
Et c'est toute façon qui n'est pas la facture,
Et c'est toute moisson qui n'est pas drue et dure ;

Et c'est toute prison qui n'est pas la capture,
Et toute liaison qui n'est pas la rupture,
Toute cendre, tout feu qui n'est pas feu qui dure ;

Les armes de Satan c'est la désinvolture,
C'est la fausse élégance et toute conjoncture
Où l'homme droit est mis en oblique posture ;

Les armes de Satan c'est la fausse culture
Qui sème le chiendent et c'est la couverture
Volée au vieux cheval et c'est toute ouverture

Que l'on n'a pas ouvert et toute fermeture
Que l'on n'a pas fermée et toute quadrature
Que l'on n'a pas quarrée et c'est toute arcature

Que l'on n'a pas arquée et c'est toute rature

Au milieu de la page et toute ligature
Qui n'est pas pour la greffe et toute horticulture

Qui n'est pas pour la fleur, toute arboriculture
Qui n'est pas pour le fruit, toute viticulture
Qui n'est pas pour le vin, c'est toute agriculture

Qui n'est pas pour le blé, c'est toute apiculture
Qui n'est pas pour le miel, toute sylviculture
Qui n'est pas pour le bois et c'est toute bouture

Qui n'a pas pris racine et c'est toute mouture
Qui n'est pas du moulin et toute portraiture
Qui n'est pas le modèle et toute investiture

Qui ne vient pas de Dieu, c'est le point de suture
Quand il est mal cousu, c'est la judicature
De l'homme sur un homme et la candidature

Assise en robe blanche au seuil de la préture ;
Les armes de Satan c'est la nomenclature
Et le dénombrement, c'est toute fourniture

Qui n'est pas à bon poids, c'est la belle denture
Des bêtes dans l'arène et c'est la devanture
Qui masque la maison et c'est toute jointure

Qui s'articule mal et c'est toute fracture

Qui ne se réduit pas, c'est toute contracture
Qui ne se résoud pas et c'est toute structure

Qui n'est pas organique et c'est toute questure
Où l'on est candidat et c'est toute texture
Qui n'est pas de bon fil et c'est toute mixture

Qui n'est pas du bon vin et c'est toute mouture
Qui n'est pas du bon pain et c'est toute pâture
Qui n'est pas du bon grain et c'est toute clôture

Qui n'est pas de bon bois et c'est toute questure
Qui requiert à faux poids, frappe à fausse mesure,
Paie à fausse monnaie et prête avec usure ;

Les armes de Jésus c'est la législature
Des dix commandements et c'est la tablature
Des tables de la loi, c'est la nonciature

Quand le nonce est du pape et la judicature
Quand le juge craint Dieu, c'est la magistrature
Quand elle est magistrale et la cléricature

Quand le clerc est prudhomme et c'est la prélature
Quand l'évêque est Aignan ou saint Bonaventure
Ou saint Côme ou saint Loup, la sacrificature

Quand c'est lui la victime et c'est toute vêture

Qui vêt l'âme et le corps et c'est toute tonture
Qui n'écorchera pas la faible créature ;

Les armes de Jésus c'est la belle paroisse
Assise au cœur de France et c'est la noble angoisse
Du curé soucieux que son troupeau recroisse ;

Les armes de Jésus c'est la belle provende
Éparse au râtelier, c'est le thym, la lavande,
Et la rose et l'œillet et la souple guirlande ;

Les armes de Jésus c'est le bon voisinage
Entre les pauvres gens, c'est le pauvre village
Et l'église au milieu, c'est le compagnonnage

Entre bons compagnons, c'est le pèlerinage
Entre bons pèlerins, c'est le pauvre ménage
Entre l'homme et la femme et le long mariage ;

Les armes de Jésus c'est les enfants bien sages
Assis au coin du feu, c'est les belles images
Qu'on voit sur les vitraux et c'est les trois rois
mages ;

Les armes de Satan c'est les magiciens
Et la magicerie et les faux entretiens
Et les libres discours au conseil des anciens ;

Les armes de Jésus c'est la pauvre famille,

Les frères et la sœur, les garçons et la fille,
Le fuseau lourd de laine et la savante aiguille ;

Les armes de Jésus c'est tous les cœurs païens :
Pourvu qu'on les baptise et les rende chrétiens,
Il en fait les plus purs de tous ses paroissiens ;

Les armes de Jésus c'est tous les plébéiens :
À moins qu'on les courtise et les rende vauriens,
Il en fait les plus durs de ses fermes soutiens ;

Les armes de Jésus c'est les bons citoyens :
Quand la grâce les prend par ses secrets moyens,
Il en fait les plus sûrs de ses curés doyens ;

Les armes de Jésus c'est la docilité,
C'est la foi, l'espérance et c'est la charité,
C'est la femme et l'enfant et la fidélité ;

Les armes de Jésus c'est la fragilité,
C'est la vertu civique et c'est la liberté,
C'est la femme et l'enfant et c'est la pauvreté ;

Les armes de Jésus c'est la simplicité,
C'est la paix éternelle et c'est dans la cité
Tout un fleuve de grâce et d'efficacité ;

Les armes de Jésus c'est la nécessité

Du travail et du pain et c'est dans la cité
Tout un fleuve de grâce et de félicité ;

Les armes de Jésus c'est la sagacité,
Le pardon de l'offense et c'est dans la cité
Tout un fleuve de grâce et de vivacité ;

Les armes de Jésus c'est la mendicité
Du dernier misérable et c'est dans la cité
Tout un fleuve de grâce et de ténacité ;

Les armes de Satan c'est le chemin tortu,
Le sentier dérobé, le cheval abattu
Les quatre fers en l'air et le mulet têtu ;

Les armes de Satan c'est la fausse tendresse
Couchée au lit de l'homme et la molle paresse
Qui dort le long du jour et se désintéresse

Du pauvre et de l'enfant et c'est la charmeresse
Avec ses mots savants et la devineresse
Et sa vieille grimace et c'est l'enchanteresse

Avec ses vieux onguents et c'est la sécheresse
Du cœur et c'est la vraie et c'est la fausse adresse
De l'homme très malin ; c'est l'homme qui transgresse

Les vieilles lois de l'homme et c'est l'homme qui

tresse
Le chanvre du gibet et l'homme qui progresse,
Les armes de Satan c'est l'homme qui s'engraisse

Du sang du malheureux, le serpent qui redresse
La tête et c'est aussi le vigneron qui presse
La grappe et fait jaillir le vin doux et l'ivresse ;

Les armes de Jésus c'est toute forteresse
Qui tient et c'est la noble et la pure caresse
De la mère à l'enfant et c'est la maladresse

De l'homme pas malin et la sourde tendresse
De la mère à la fille afin que reparaisse
En cette enfant naissante une même tendresse

Et dans le temps futur une même caresse
Et ce même regard et cette même tresse
Blonde qui fleurira, cette même détresse

Qui sera consolée, et cette âme pauvresse
Et dans le dernier temps une même allégresse ;
Les armes de Jésus c'est l'homme qui s'adresse

Directement à Dieu, c'est l'homme qui s'adresse
À quelque saint patron, c'est l'homme qui se dresse
Contre l'iniquité, c'est l'homme qui s'empresse

À panser le blessé, c'est la fraîche compresse

Sur la cuisante plaie et l'homme qui s'engraisse
De sanglots et de pleurs, de peine et de détresse,

Et d'un regret plus beau que la même tendresse,
Et l'arme aux mains de l'ange ardente et vengeresse
Au seuil du paradis afin que comparaisse

L'âme toujours chassée et toujours chasseresse,
L'âme toujours esclave et ensemble maîtresse,
L'âme toujours enfant et toujours pécheresse ;

Les armes de Jésus c'est la lettre et l'esprit,
Mais c'est l'esprit qui mène et l'esprit qui nourrit,
Et la lettre n'est là que comme un mot d'écrit ;

Les armes de Jésus c'est la lettre et l'esprit,
C'est le père qui gronde et l'enfant qui sourit,
C'est le Père et le Fils et c'est le Saint-Esprit ;

La lettre est ce qui tue et l'esprit vivifie,
Et la lettre est la mort et l'esprit est la vie,
Et la lettre est l'orgueil et la lettre est l'envie ;

C'est l'esprit qui commande et la lettre qui sert,
C'est l'esprit qui demande et la lettre qui perd
Et c'est l'esprit qui sauve et prêche en plein désert ;

C'est l'esprit qui gouverne et l'esprit qui conduit

L'homme vers un seul point et la lettre qui suit
Vers la lampe de l'ogre et c'est l'esprit qui cuit

Le pain quand il est chaud, c'est l'esprit qui déduit
Jésus du vieil Adam et derechef induit
Israël en Jésus que la lettre réduit ;

C'est l'esprit qui combat et la lettre qui fuit,
C'est l'esprit qui travaille et l'esprit qui produit
La paille, le bon grain, la feuille, le bon fruit ;

Et la lettre n'a jamais fait qu'un peu de bruit,
C'est elle qui séduit et c'est elle qui nuit,
Et la lettre et l'esprit c'est le jour et la nuit ;

Mais l'esprit et la lettre est la nuit et le jour,
Les armes de Jésus c'est l'honneur et l'amour
Et le roi dans son camp et le roi dans sa cour ;

Les armes de Jésus c'est le feu dans le four,
La pâte et le levain et c'est le pain du jour,
Et c'est le roi David retiré dans sa tour ;

Les armes de Jésus c'est tout homme proscrit
Qui sera rappelé, c'est le jeune conscrit
Qui sera convoqué, c'est le jeune homme inscrit

Sur le livre éternel et c'est le cœur contrit

Qui sera fomenté, c'est le billet souscrit
Qui sera présenté, c'est le bonheur décrit

Un jour sur la montagne et l'honnête rescrit
De par le roi du ciel et le pardon prescrit
Par la nouvelle loi, c'est Dieu même transcrit

De Moïse en Jésus, c'est Satan circonscrit,
C'est tout ce qu'il fallait pour que Jésus souffrît,
Les armes de Jésus c'est surtout Jésus-Christ :

C'est tout ce qu'il fallait pour que Jésus ouvrît
La porte du tombeau, pour que Jésus offrît
Le premier sacrifice et qu'il rendît l'esprit ;

C'est tout ce qu'il fallait pour que Jésus couvrît
Le pécheur devant Dieu, pour qu'il redécouvrît
Le chemin du salut et pour qu'il entreprît

De remonter la pente et pour qu'il se reprît
Et qu'il reprît le monde et pour que l'homme apprît
Le chemin difficile et pour qu'il désapprît

La route sans cailloux et pour qu'un jour en Gaule,
D'autres soldats romains, le manteau sur l'épaule,
Le torse bien moulé dans leurs lames de tôle,

Chevauchant par la route épaisse comme un môle,

La lance entre les doigts comme on tient une gaule,
Un jour en plein hiver sous la neige du pôle,

Le long des blancs bouleaux, le long du même saule,
Voyant un vagabond, quelque échappé de geôle,
Un autre centurion, de ceux que Rome enrôle,

Du manteau militaire enfin se découvrît ;
C'est tout ce qu'il fallait pour que l'homme s'éprît
Du seul amour qui dure et pour qu'il se déprît

Du seul amour qui passe et pour qu'il se méprît
Comme il faut se méprendre et qu'alors il comprît
Tout ce qu'il faut comprendre et qu'alors il en prît

Tout ce qu'il faut en prendre et qu'alors il surprît
Le secret mal gardé, le secret manuscrit
Qui n'est pas dans la lettre et se cache en esprit ;

Les armes de Jésus c'est le chemin fleuri,
Mais plus que le printemps galamment refleuri,
C'est le sévère automne à l'instant défleuri ;

Et la fleur de Marie est la rose fleurie,
Mais plus que l'humble rose au printemps refleurie,
C'est la rose d'automne humblement défleurie ;

Les armes de Jésus c'est le vallon fleuri,

Mais plus que le printemps incessamment fleuri,
Et plus que le printemps insolemment fleuri,

Et plus que le printemps impudemment fleuri,
Et plus que le printemps effrontément fleuri,
C'est le pudique automne à jamais défleuri ;

Les armes de Jésus c'est un peuple chéri
Comme un fils qui revient, c'est un mourant guéri
Par son extrême onction, c'est un peuple aguerri

Par une juste guerre et le marin péri
Au péril de la mer, le navire atterri
Dans le recreux du port, tout un peuple nourri

De quelques poissons secs, tout un monde nourri
D'une seule victime et le raisin mûri
Pour le vin du calice et l'autre vin suri

Pour l'éponge et la lance et le vinaigre aigri ;
Les armes de Jésus c'est le levain pétri
Au milieu de la pâte et lui-même suri ;

Les armes de Satan c'est le fleuve tari,
C'est chez l'équarrisseur le cheval équarri,
C'est l'enfant affamé, c'est le pain renchéri ;

Les armes de Satan c'est le cœur mal guéri

De la vieille blessure et c’est le cœur tari
À force de saigner et le cœur mal nourri

À force de jeûner, c’est tout ce qui tarit,
C’est tout ce qui périt, tout ce qui dépérit,
Et tout ce qui surit et tout ce qui pourrit ;

Les armes de Satan c’est la sève appauvrie,
C’est le sang répandu, la branche rabougrie,
Le rameau desséché, la prude renchérie ;

Les armes de Satan c’est tout ce qui flétrit,
Rapetisse, avilit, injurie, amoindrit,
C’est tout ce qui méprise et tout ce qui meurtrit ;

Les armes de Jésus c’est tout ce qui nourrit,
C’est tout ce qui boutonne et tout ce qui périt
Aux jardins de Touraine et tout ce qui mûrit ;

Les armes de Jésus c’est un cœur tout fleuri,
Plus que le jeune cœur au printemps refleuri,
C’est le cœur à l’automne à jamais défleuri ;

Les armes de Satan c’est la paix et la guerre,
Les peuples éventrés, les sacrements par terre,
La honte, la terreur, la rage militaire ;

Les armes de Jésus c’est la guerre et la paix,

Les peuples respectés et les derniers harnais
De guerre suspendus aux frontons des palais ;

Les armes de Satan c'est l'horreur de la guerre,
Les peuples affolés, Jésus sur le Calvaire,
Le sang, le cri de mort, le meurtre volontaire ;

Les armes de Jésus c'est l'honneur de la guerre,
Les peuples rétablis, Jésus sur le Calvaire,
Le sang, le sacrifice et la mort volontaire :

Pour qu'elle vît venir sous un tel étendard
De Jésus-Christ soldat contre Satan soudard,
Vers le vieux saint Étienne et le vieux saint Médard ;

Pour qu'elle vît venir par un chemin de terre,
Comme une jeune enfant qui vient vers sa grand'mère,
Par les bois de Puteaux, par les champs de Nanterre ;

Pour qu'elle vît venir ardente et militaire,
Obéissante et ferme et douce et volontaire,
Sur Boulogne et Neuilly, sur Puteaux et Nanterre ;

Hauturière et docile, alerte et droiturière,
Et prompte à la manœuvre et peu procédurière,
Destinée à périr comme une aventurière ;

Bien en selle en avant de sa cavalerie,

Masquant ses bombardiers et sa bombarderie,
Traînant comme un réseau sa lourde infanterie ;

Ameutant ses tambours qui battaient pour la messe,
Gourmandant ces brigands qui couraient à confesse,
Déférente aux trois voix qui scellaient leur promesse ;

Ayant mis les soldats au pas sacramentaire,
Ayant mis les curés au pas réglementaire,
Et logé les Vertus au train régimentaire ;

Bien allante et vaillante et sans étourderie,
Bien venante et plaisante et sans coquetterie,
Bien disante et parlante et sans bavarderie ;

Révérant les coffrets sertis de pierrerie
Où les reliefs des saints ouvrés d'orfèvrerie
Reposent sur l'autel et sur la broderie ;

Sage comme une aïeule en sa tendre jeunesse,
Cadette ayant conquis le plus beau droit d'aînesse,
Grave et les yeux plus clairs que d'une chanoinesse,

La sainte la plus grande après sainte Marie.

NEUVIÈME JOUR

POUR LE SAMEDI 11 JANVIER 1913

IX

Comme Dieu ne fait rien que par compagnonnage,
Il fallut qu'elle vît ces mauvais compagnons,
Les Anglais, (les Français), les traîtres Bourguignons
Dépecer le royaume ainsi qu'un apanage ;

Il fallut qu'elle vît ce monstrueux ménage,
Et les gibets poussant comme des champignons,

Et le mur et le toit et l'angle des pignons
Tout dégouttants du meurtre et du sang du carnage ;

Il fallut qu'elle vît tout ce maquignonnage,
Les cadavres tout nus serrés en rangs d'oignons,
Les blessés mutilés traînés sur leurs moignons,
Les morts et les mourants dérivant à la nage ;

Il fallut qu'elle vît cet horrible engrenage
Happer tout le royaume et ces mauvais garçons
Rouer vif tout un peuple et rôtir les moissons,
Sortis du menu peuple ou du haut baronnage ;

Les armes de Jésus c'est la belle marraine
Et c'est le beau baptême et les belles dragées,
Mais plus que le cortège et que les apogées
C'est le deuil et la ruine et la honte et la peine ;

Il fallut qu'elle vît par ce libertinage
Dissiper ce trésor d'honneur que nous gagnons,
Et déserter le Dieu que nous accompagnons,
Comme on déserte un mort dans un pauvre village ;

Il fallut qu'elle vît par ce vagabondage
Retourner ce passé dont nous nous éloignons,
Il fallut qu'elle vît les maux que nous soignons
Monter le long de nous comme un échafaudage ;

Il fallut qu'elle vît par le faux témoignage

Démentir le propos pour qui nous témoignons,
Il fallut qu'elle vît l'urne où nous nous baignons
S'effondrer par souillure et par dévergondage ;

Il fallut qu'elle vît par tout ce maraudage
Cueillir les fruits moisis et que nous dédaignons,
Il fallut qu'elle vît la ville où nous régnons
Démantelée aux mains de tout ce chapardage ;

Il fallut qu'elle vît par tant d'enfantillage
Avilir cette foi dont nous nous imprégnons,
Il fallut qu'elle vît le sang dont nous saignons
Saigner du même cœur et du même courage ;

Il fallut qu'elle vît par un sot bavardage
Flétrir le dogme auguste et que nous enseignons,
Et qu'elle vît tarir la grâce où nous baignons,
Lustrale et baptismale, en un lourd badinage ;

Il fallut qu'elle vît par tout ce brigandage
Commettre les forfaits dont nous nous indignons,
Et les écus sonnants et que nous alignons
Fondre au creuset d'orgueil et de faux monnayage ;

Il fallut qu'elle vît par tout ce forlignage
Dégénérer la race où nous nous alignons,
Et les mots éternels et que nous soulignons
Tomber dans le silence et dans le persiflage ;

Il fallut qu'elle vît par tout ce maquillage
Fausser la signature où nous contresignons,
Et le terme et la mort que nous nous assignons
Approcher tous les jours comme un lointain rivage ;

Il fallut qu'elle vît cette jalouse rage
Assaillir la caserne où nous nous consignons,
Et la taverne infâme et que nous désignons
D'un nom injurieux déborder sur la plage ;

Il fallut qu'elle vît cette haine sauvage
Dénaturer le sort où nous nous résignons,
Et la ronce et l'ortie où nous égratignons
Nos mains s'enchevêtrer dans le jeune bocage ;

11 fallut qu'elle vît au chemin de halage
Déraciner la borne à qui nous nous cognons,
Et qu'elle vît le coin où nous nous rencoignons
Nous refuser le gîte et le pain du voyage ;

Il fallut qu'elle vît dans ce commun naufrage
Sombrer l'arche rompue et que nous empoignons,
Et qu'elle vît la grande armée où nous grognons,
(Mais nous marchons toujours), subir cet hivernage ;

Il fallut qu'elle vît par un tel sabotage
Dénaturaliser l'œuvre où nous besognons,
Et qu'elle vît l'injure à qui nous répugnons
Régner et gouverner sous figure d'outrage ;

Il fallut qu'elle vît le long du bastingage
Précipiter à l'eau l'or que nous épargnons,
Et qu'elle vît la vergue où nous nous éborgnons
Chanceler et tomber par l'effet du tangage ;

Il fallut qu'elle vît dans ce même hivernage
S'évanouir de froid l'ardeur que nous feignons,
Et qu'elle vît la peine où nous nous renfrognons
S'évanouir de mort dans un beau sarcophage ;

Il fallut qu'elle vît dans cet appareillage
S'avancer la galère où captifs nous geignons,
Et qu'elle vît la nef lourde où nous nous plaignons
Gémir dans ses haubans et ses bois d'assemblage ;

Il fallut qu'elle vît par un commun partage
Arriver justement le sort que nous craignons,
Et la loi qui nous sauve et que nous enfreignons
Exposée à périr dans ce même naufrage ;

Il fallut qu'elle vît dans le même mouillage
Sombrer le désespoir que seul nous étreignons,
Et qu'elle vît cet ordre où nous nous astreignons
Perdre ses bancs de rame et son amarinage ;

Il fallut qu'elle vît dans ce commun dommage
Plier la discipline où nous nous contraignons,
Et qu'elle vît l'astreinte où nous nous restreignons

Se détendre et crever comme un mauvais bordage ;

Il fallut qu'elle vît dans le mouvant sillage
Flotter et s'enfoncer la mort que nous ceignons,
Et qu'elle vît couler le sang dont nous teignons
Notre robe lustrale et notre enfantillage ;

Il fallut qu'elle vît par un jeu de mirage
Reculer le but fixe et que nous atteignons,
Et qu'elle vît le terme où nous nous rejoignons
Se dérober à nous en plein atterrissage ;

Il fallut qu'elle vît en plein cœur de l'orage
Brûler la chère flamme et que nous éteignons
Et qu'elle vît les maux que nous nous adjoignons
Se coucher contre nous pour un noble servage ;

Il fallût qu'elle vît dans tout ce gribouillage
Se raidir les devoirs que nous nous enjoignons,
Et les soucis aigus et dont nous nous poignons
Nous percer jusqu'au cœur dans tout ce barbouillage :

Pour qu'elle vît venir du fond de la campagne,
Au milieu de ses clercs, au milieu de ses pages,
Vers l'arène romaine et la roide montagne,

Traînant les trois Vertus au train des équipages,
Sa plus fine et plus ferme et plus douce compagne
Et la plus belle enfant de ses longs patronages.